Disney

Les Fées

Clochette et le Secret des Fées

Ce texte a initialement paru chez Random House
sous le titre "Secret of the Wings, The Junior Novelization",
adapté par Sarah Nathan.

Adaptation : Natacha Godeau.
Conception graphique : Valérie Gibert et Philippe Sedletzki.

Hachette Livre, 43, quai de Grenelle, 75015 Paris.

Disney

Les Fées

Clochette et le Secret des Fées

hachette
JEUNESSE

Clochette

Clochette vient
juste de rejoindre
le Pays Imaginaire.
C'est une Fée Bricoleuse
vraiment très douée ! Elle a
plein d'idées d'inventions,
et elle est toujours partante
pour vivre de nouvelles
aventures… peut-être
même un peu trop !

Noa

C'est une Fée des Animaux : elle les comprend mieux que personne.

Ondine

Ondine est une Fée des Eaux. Les mers et les rivières n'ont aucun secret pour elle !

Rosélia

Rosélia est une
Fée des Jardins.
Grâce à elle,
les fleurs du Pays
Imaginaire sont
les plus belles
du monde !

Iridessa

Cette Fée des
Lumières est
très rigolote.
Sa spécialité ? Faire
des blagues, bien sûr !
Mais elle sait aussi
faire apparaître de
magnifiques arcs-en-ciel.

Vidia

Si quelqu'un peut être aussi rapide que l'éclair, c'est bien Vidia ! Cette Fée Voltigeuse s'emporte parfois, mais son caractère bien trempé cache en réalité un cœur en or.

Cristalline

Cette jolie Fée du Givre ressemble comme deux gouttes d'eau à Clochette. Ou plutôt comme deux flocons de neige ! Bizarre, bizarre… Comment est-ce que c'est possible ?

Haut dans le ciel…

Au détour de la deuxième étoile se trouve le Pays Imaginaire. Il abrite la Vallée des Fées, le territoire des quatre saisons qui regroupe la Vallée du Printemps, la Clairière d'Été, la Forêt d'Automne et la Forêt Blanche. Là-bas, seules les Fées de l'Hiver supportent le froid. Mais comme elles craignent la chaleur de la Vallée, elles chargent les hiboux des neiges d'aller chercher

leurs nouveaux paniers
à flocons chez les Fées
Bricoleuses.
Et à cet endroit, Clochette, la
plus douée d'entre elles, rêve
justement de découvrir l'hiver…

Chapitre 1

Un mystérieux scintillement

— Attention ! Lapin fugueur !

Noa surgit dans l'atelier des Bricoleurs. Elle poursuit un lapereau, qui se faufile entre les paniers à flocons. Vite, Clochette empoigne l'une des cannes-lassos de son invention et attrape le fugitif.

— Ouf, merci, Clochette ! Je conduis les animaux à la Forêt

Blanche, mais ce lapin n'est vraiment pas obéissant !

La Bricoleuse sourit. La Forêt Blanche ? Quelle chance !

— Je t'accompagne, Noa !

Peu après, les deux Fées traversent la Forêt d'Automne en escortant un groupe de lapins, de belettes et de marmottes. Elles parviennent à la Frontière de l'Hiver. Un tronc d'arbre couché sert de pont entre les deux forêts, séparées par un rideau de neige étincelante. On devine un paysage fantastique de l'autre côté, recouvert d'une couche de gel éblouissant. Clochette, émerveillée, écarquille les yeux.

— On emmène les animaux jusqu'où ? interroge-t-elle avec intérêt.

— Nulle part : ils franchissent la frontière tout seuls.

La Bricoleuse est déçue.

Noa explique :

— Il fait extrêmement froid dans la Forêt Blanche. On n'a pas le droit d'y aller, c'est trop dangereux pour nos ailes : elles risqueraient de geler. Et tu sais que les Fées de l'Hiver n'ont pas le droit de venir chez nous non plus, il y fait bien trop chaud pour elles.

« Quelle loi idiote ! » pense Clochette.

Les animaux franchissent donc sans aide le rideau de neige. Aussitôt, leur fourrure brune devient blanche !

— C'est leur pelage d'hiver, ça leur tient chaud, dit Noa.

La Fée des Animaux s'occupe d'une marmotte qui a déjà commencé à hiberner pendant que Clochette s'approche de la frontière. Elle a tellement envie de la traverser, elle aussi…

Elle y risque le bout de son nez avant de pouffer : le froid la picote. Toutefois, prenant son élan, elle rejoint le Territoire de l'Hiver ! Les flocons de neige tourbillonnent avec grâce autour d'elle. Quel spectacle magique ! Soudain, elle est envahie par une sensation étrange, au niveau des ailes. La Fée pousse un cri de surprise : elles brillent de mille feux ; des nuances de couleur qu'elle n'avait encore jamais vues ! Mais elle n'a pas le temps d'étudier cet étrange phénomène : Noa, de l'autre côté du rideau, l'attrape au lasso et la ramène auprès d'elle.

— Clochette ! Il est interdit

d'aller dans la Forêt Blanche ! Oh là là, tes ailes…

— Oui, je sais, elles scintillent comme un arc-en ciel !

— Non : elles sont à moitié gelées !

Ignorant les protestations de son amie, Noa l'entraîne chez les Fées Médecins.

La Clinique Féerique est nichée au pied du Grand Arbre. Ondine, Iridessa et Rosélia volent le plus vite possible.

— Allez, les filles !

Elles ont appris ce qui s'est passé, et elles sont très inquiètes pour leur amie Clochette. Mais la Fée de l'Accueil les arrête dès leur arrivée.

— Qu'est-ce que vous voulez ?

— Nous venons voir Clochette !

— L'entêtée qui a traversé la frontière ? Elle est…

— Complètement gelée ? s'affole Iridessa.

— Non : chambre deux.

— Ouf, merci !

Les trois Fées se précipitent dans la chambre où une Fée Médecin ausculte les ailes de Clochette à l'aide d'une lampe-luciole. Noa attend sagement dans un coin.

— On est venues aussi vite qu'on a pu ! s'écrie Rosélia.

— Si vous aviez vu mes ailes, elles ont...

Mais Clochette ne peut pas terminer sa phrase.

— Chut ! ordonne la Fée Médecin.

Cependant, Iridessa se penche à l'oreille de la Bricoleuse et chuchote :

— Alors, c'est vrai ? Tu as osé entrer dans la Forêt Blanche ?

À cet instant, Vidia fait à son tour irruption dans la chambre. La Fée Médecin termine justement son diagnostic :

— Tout va bien, Clochette. Tes ailes sont réchauffées.

— Mais pourquoi est-ce qu'elles scintillaient si bizarrement ?

— C'était sûrement à cause de la réverbération du soleil sur la glace, répond la Fée Médecin. Tu as beaucoup de chance de n'avoir aucune séquelle !

Rassurée, Clochette quitte la clinique en

compagnie de ses amies. Personne ne la croit, mais elle est pourtant persuadée qu'il s'est passé quelque chose de spécial, là-bas, avec ses ailes. Comme si la Forêt Blanche l'attirait à elle…

« J'en aurai le cœur net ! » se promet-elle.

Une fois seule, Clochette file à la Bibliofée.

— Il doit bien exister une encyclopédie sur les ailes des Fées, murmure-t-elle en cherchant sur les étagères.

Tout à coup, elle sourit.

— *Aéropédie*, écrit par le

Conservateur. C'est exactement ce qu'il me faut !

Elle feuillette le livre, mais la page « Scintillement Particulier » a été dévorée par les vers de papier. Clochette découvre alors que l'auteur du livre, le plus grand spécialiste des secrets des Fées, habite la Forêt Blanche... et elle décide d'aller lui parler.

CHAPITRE 2

UNE RENCONTRE INOUBLIABLE

Clochette a un plan. Elle s'est équipée d'un manteau pour protéger ses ailes, de bottines à pompons et d'un cache-oreilles. Elle n'a plus qu'à se glisser dans un panier à flocons pour attendre les hiboux des neiges… et direction la Forêt Blanche ! Mais le plus dur reste à faire : échapper à la vigilance de Fée Marie, la Chef des Bricoleurs.

Clochette entre discrètement dans l'atelier. Elle passe à côté de Fromage, la souris, et elle se faufile vite derrière une caisse. De sa cachette, elle observe ses amis Clark et Gabble qui testent les derniers paniers à flocons suspendus à une poulie.

— Je suis prêt, Clark ! crie Gabble depuis l'intérieur d'un panier.

À ces mots, Clark pousse un levier : une trappe s'ouvre au fond du panier et... *Boum !* Gabble tombe par terre.

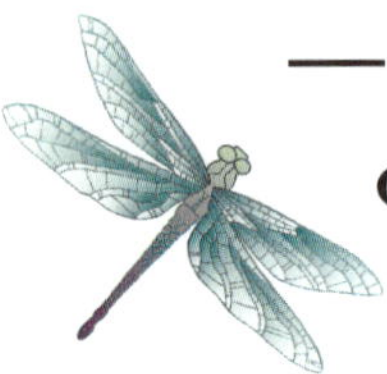

— Système de largage opérationnel !

— La prochaine fois, c'est toi qui joues le flocon de neige, grogne Gabble en se frottant la tête.

Sans bruit, Clochette tire un grappin de sa sacoche avant de le lancer vers le bord du panier. Il s'y accroche solidement. La Fée se met à grimper le long de la corde lorsque, soudain…

— Miss Clochette ?

Trop tard, ses amis l'ont vue ! Elle n'a plus le choix et redescend auprès d'eux. Clark la dévisage d'un air surpris.

— Qu'est-ce que vous faites habillée aussi chaudement ?

La Bricoleuse hésite avant d'avouer :

— Je pars en expédition dans la Forêt Blanche.

— La Forêt Blanche ? répète Gabble, écarquillant les yeux derrière ses lunettes.

Clochette n'a pas le temps de lui expliquer : une alarme retentit, annonçant l'arrivée des hiboux des neiges.

— Paré à la livraison ! ordonne Fée Marie.

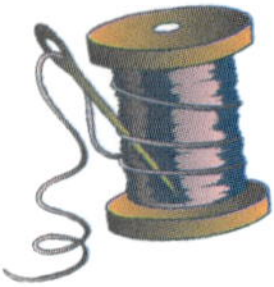

Aussitôt les paniers s'ébranlent, les poulies

les tractant au sommet de la tour où les hiboux les récupèrent. Clochette n'a pas une seconde à perdre : elle en agrippe un au passage, se hisse dedans et se laisse emporter vers la tour.

— Miss Clochette, non !

Clark et Gabble la poursuivent en s'envolant.

— Vous ne devez pas traverser la frontière ! Vos ailes risquent de...

— Ne vous en faites pas : elles sont à l'abri sous mon manteau ! Je dois y aller, il faut absolument que je découvre pourquoi mes ailes se sont illuminées.

Ses amis, inquiets, la regardent s'éloigner dans le panier. Puis un jeune hibou l'attrape dans ses serres. Et voici l'intrépide Bricoleuse en route pour le Pays de l'Hiver !

— Ne prenez pas froid, Miss Clochette ! murmure Gabble.

Clochette regarde par-dessus bord. Le hibou l'emporte rapidement dans les airs et *voush !* ils franchissent le rideau de neige. Une vague glacée l'enveloppe tandis qu'elle pénètre dans la Forêt Blanche.

— J'ai réussi ! se félicite-t-elle, son souffle formant un petit nuage.

Soudain, une jolie Fée de l'Hiver vient guider le hibou. Clochette se cache tout au fond du panier. Bientôt, l'inconnue

virevolte au-dessus d'une colline enneigée. Une pente verglacée descend jusqu'à un entrepôt : Clochette réalise que le hibou va y lâcher le panier.

« Attention à l'atterrissage ! » se prépare-t-elle.

Le panier se balance de droite à gauche, elle doit s'y cramponner de toutes ses forces... ce qui ne sert à rien puisque le hibou le laisse tomber accidentellement hors de la piste ! Le panier atterrit au pied de l'entrepôt, où il percute une réserve de flocons qui pleuvent en cristaux de givre sur la tête de Clochette.

— Je dois filer avant qu'on me voie ! décide-t-elle.

Vite, elle rassemble ses affaires. Mais dans la chute, le livre sur l'Aéropédie a été projeté au loin. Elle s'apprête à aller le chercher quand quelqu'un arrive devant l'entrepôt.

— Bienvenue, Lord Milori !

Clochette s'immobilise. Lord Milori, le Seigneur de l'Hiver en personne ! Celui qui a interdit aux Fées de traverser la frontière…

« Je n'ai pas intérêt à me montrer », songe la Bricoleuse.

Elle essaie discrètement de récupérer son livre du bout du pied et… catastrophe : elle l'envoie par mégarde à côté de Lord Milori, qui se penche pour le ramasser.

— Tiens ? Une Bricoleuse de l'Atelier a dû l'oublier dans le panier…

Il le confie à la Fée de l'Hiver et ajoute :

— Apportez-le au Conservateur, voulez-vous ?

À ces mots, Clochette sursaute. Youpi ! Elle n'a plus qu'à suivre la Fée !

Le Palais d'Hiver est splendide. Quand la Fée de l'Hiver y dépose le livre du Conservateur, Clochette en profite pour se faufiler dans le bureau… mais elle a du mal à tenir debout sur le sol de glace :

c'est une vraie patinoire ! Puis elle panique en apercevant un lynx de neige endormi dans un coin et elle tombe derrière une colonne de livres, dans l'immense bibliothèque. C'est à ce moment-là que le Conservateur entre. Clochette s'apprête à aller lui parler, mais une Fée de l'Hiver fait alors irruption dans la pièce.

— Conservateur ! Il m'est arrivé quelque chose d'extraordinaire, hier, à la frontière ! Mes ailes se sont illuminées !

De sa cachette, Clochette la dévisage. C'est incroyable : cette

Fée lui ressemble trait pour trait, sauf que ses cheveux sont argentés ! Stupéfaite, la Bricoleuse ôte son manteau et approche. Ses ailes scintillent à nouveau de mille feux… exactement comme celles de la Fée de l'Hiver !

— Ça alors ! s'écrie le Conservateur en les apercevant toutes les deux réunies. C'était donc vrai !

Chapitre 3

Dans la Forêt Blanche

Le Conservateur escorte les deux Fées dans une pièce avec une lucarne au plafond. Un grand flocon de neige est dessiné au sol.

— Placez-vous au milieu du flocon, indique-t-il.

Clochette et la Fée de l'Hiver obéissent. Il ajoute :

— Ne t'inquiète pas, petite Bricoleuse. Ici, tes ailes ne gèleront pas.

Il frappe alors le sol de sa canne. Aussitôt, l'obscurité envahit la pièce et le flocon s'élève vers la lucarne ensoleillée. Sous les yeux ébahis des Fées, leurs ailes projettent des images du passé contre les murs de la pièce !

— C'est l'Autre Monde, murmure Clochette en

reconnaissant les rues de Londres.

Big Ben sonne et un bébé pouffe dans son berceau. Son rire s'envole, donnant naissance à deux Fées qui flottent jusqu'au ciel sur un pissenlit. Elles traversent les nuages, contournent la deuxième étoile sur la droite, atteignent le Pays Imaginaire et gagnent la Vallée des Fées. Mais seule l'une d'entre elles parvient au Grand Arbre. L'autre, retenue par une branche, est soufflée par le vent en direction de la Forêt Blanche.

Clochette s'exclame :

— Deux Fées nées du même rire d'un enfant... C'est nous ! Ça signifie qu'on est...

— Sœurs !

Le Conservateur hoche la tête.

— Vos ailes sont parfaitement identiques. C'est pour ça qu'elles s'illuminent lorsque vous êtes ensemble. Parce que vous êtes sœurs !

Les Fées sourient en se dévisageant.

— Je m'appelle Clochette !

— Et moi, Cristalline !

— Donc on était à la frontière au même moment, hier ?

Elles s'interrompent : la voix de Lord Milori retentit dans le couloir.

— Conservateur ! J'ai à vous parler !

Ce dernier conseille aux Fées de ne pas bouger du flocon, au plafond. Puis il descend recevoir son visiteur.

— Je me demande comment cet exemplaire de votre *Aéropédie* est arrivé ici, lance Lord Milori. Savez-vous si une Fée de la Chaleur a passé la frontière ?

— Si c'est le cas, j'aimerais la rencontrer : elle lit de bons livres !

Le Seigneur de l'Hiver fronce les sourcils.

— Je ne plaisante pas. Il est interdit de traverser le rideau de neige.

— Autrefois, on en avait le droit, remarque le Conservateur.

— Mais la loi d'aujourd'hui est faite pour protéger les Fées. Si une étrangère s'aventure par ici, elle doit être bannie. Compris ?

Sur ces paroles, Lord Milori quitte la pièce.

Le Conservateur fait redescendre le flocon.

— Tu as entendu les ordres, Clochette ? Je dois te renvoyer chez toi… mais Lord Milori n'a pas précisé *quand* ! Allez, va vite chez ta sœur avant que le froid de la nuit ne tombe : vous pourrez profiter l'une de l'autre !

— Hourra !

— Merci, Darwin ! lance Cristalline.

Devant l'air étonné de Clochette, il précise :

— Darwin, c'est mon vrai nom. Pour mes amis.

— Oh ! Dans ce cas : merci, Darwin ! s'empresse d'ajouter Clochette.

Cristalline conduit Clochette chez elle. En chemin, elle lui montre le Champ d'Hiver, où elle fait de la luge ; la Grotte des Glaçons, aux stalactites chatoyantes, et le Puits de Poussière de Fée, relié au Grand Arbre par une racine souterraine. Les deux sœurs ont tant de choses à se raconter… Cristalline veut tout savoir du talent de la Bricoleuse et Clochette découvre celui de la Fée du Givre : recouvrir de gel la Forêt Blanche.

Elles arrivent ainsi à la caverne de Cristalline, située dans le flanc de la montagne enneigée. Elle surplombe le paysage. De là, on distingue même la Frontière de l'Hiver !

Dans un grand tiroir, Cristalline collectionne des objets de l'Autre Monde. Clochette s'esclaffe : elles ont vraiment plein de points communs, toutes les deux ! Elles chaussent ensuite des trombones et vont patiner sur l'étang gelé. Puis Cristalline emmène Clochette dans la Forêt de Givre, où elle retrouve ses meilleurs amis.

— Spike, Neige, Sled et Slush : je vous présente ma sœur Clochette ! C'est une Bricoleuse.

— Génial ! On dirait des jumelles !

Ils font du toboggan sur la cascade gelée.

Enfin, avant d'aller se coucher, Clochette allume un feu de camp sur la Crête de Cristal, au sommet de la montagne. Cristalline lui demande de lui décrire la Vallée des Bricoleurs, l'été, le printemps et l'automne. Elle rêve de voir des papillons ! Sans hésiter, Clochette lui promet de trouver un moyen de l'emmener chez elle. Elle doit bien pouvoir bricoler une machine pour conserver les ailes de sa sœur au frais ?

Mais elle n'a pas le temps d'y réfléchir : *boum !* Le feu de camp vient de faire fondre la crête de glace, qui s'écroule !

Les Fées sont emportées par l'avalanche ! Elles dégringolent dans la coulée de neige... mais *ouf !* Fiona, le lynx du Conservateur Darwin, les rattrape de justesse sur son dos et les dépose à terre en sécurité.

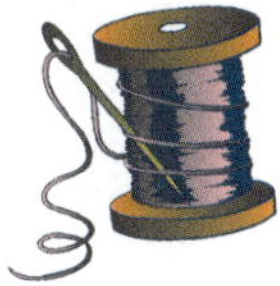

— Rien de cassé ? s'inquiète Darwin en les rejoignant.

— Non, ça va.

Il soupire.

— On a évité le drame. Mais Lord Milori avait raison : traverser la frontière est excessivement risqué, nous sommes trop différents. Il faut reconduire Clochette de l'autre côté… Je suis désolé.

Ils regagnent donc tristement le rideau de neige. Cristalline saute au cou de sa sœur en

pleurant mais la Bricoleuse la rassure :

— On vient à peine de se retrouver, tu ne crois quand même pas que je vais abandonner aussi facilement ? Rendez-vous ici, demain !

Et elle lui expose son plan…

CHAPITRE 4

UNE VISITE QUI TOURNE MAL

— Clark ! Gabble ! J'ai besoin de votre aide !

À peine de retour à la Vallée des Fées, Clochette fonce chercher ses amis Bricoleurs.

— Miss Clochette ! Vous revoilà !

— Oui, et j'ai quelque chose à vous demander. Mais je ne veux pas que tout le monde soit au courant, ça doit rester un secret entre nous…

La Bricoleuse leur raconte son voyage au Pays de l'Hiver et surtout sa rencontre avec sa sœur… d'où son projet de fabriquer un canon à neige avant la fin de la journée.

— Comme ça, Cristalline pourra venir ici sans que ses ailes s'abîment !

Quelle bonne idée ! Ils se mettent tout de suite à l'ouvrage. Clochette et Gabble commencent à construire l'engin pendant que Clark se charge d'aller ramasser du matériel. Pourtant, ce ne sont pas des objets, qu'il rapporte dans son chariot... mais Noa, Rosélia, Ondine, Iridessa et Vidia ! Clochette soupire pendant que, juste au-dessus, Clark se défend :

— Je ne l'ai pas dit à tout le monde... Juste à elles cinq !

— Tu as bien réfléchi à ce que tu fais, Clochette ? demande Vidia, inquiète.

— Oui. Quand la Reine Clarion connaîtra ma sœur,

elle annulera la loi de Lord Milori.

— On va te donner un coup de main bien sûr ! s'exclame Iridessa.

Ding-deling ! Clochette pirouette gaiement. À eux tous, ils auront fini à temps !

Peu après, à la frontière de la Forêt Blanche… une feuille morte approche discrètement le rideau de neige. De l'autre côté, un flocon approche aussi : il s'agit en réalité de Clochette et de Cristalline. Elles ôtent leur déguisement et Clochette chuchote :

— Tu as ce qu'il faut ?

Cristalline acquiesce. Derrière elle, Neige, Spike, Sled et Slush traînent un énorme bloc de glace sur le pont.

— Et un bloc de glace, un ! s'écrie Sled.

À cet instant, Clark et Gabble apparaissent dans le dos de Clochette. Ils tractent une drôle de machine au mécanisme impressionnant.

— Et un canon à neige, un ! annonce Gabble.

Clochette sourit à Cristalline.

— Avec ça, tu vas pouvoir visiter les saisons chaudes de la Vallée des Fées !

La Fée du Givre est impatiente. Elle s'apprête à traverser le rideau de neige... quand Spike l'arrête.

— Attends ! On ne sait même pas si cette machine fonctionne !

— Tu parles, bien sûr qu'elle fonctionne !

Et Clark actionne un levier. Une grande pince se déploie, s'empare du bloc de glace et le dépose dans la machine où une râpe à fromage géante en détache des lamelles… et des flocons de neige surgissent enfin du canon !

— Youhou !

Cristalline franchit la frontière et se pose au milieu de la pluie de neige. Bientôt,

les flocons virevoltent autour d'elle.

— Que la visite commence ! déclare Clark. Premier arrêt, la Forêt d'Automne. Puis le Square du Printemps. Et pour terminer, le Grand Arbre...

— Où vous rencontrerez Sa

Majesté la Reine Clarion, achève Gabble.

Cristalline paraît soudain terrifiée. Clochette la rassure :

— La Reine a bon cœur. Dès qu'elle apprendra que nous sommes sœurs, elle n'interdira plus qu'on passe la frontière, j'en suis sûre.

Cristalline dit au revoir à ses amis de la Forêt Blanche, puis elle suit les Bricoleurs dans la Forêt d'Automne.

Personne ne remarque qu'un hibou des neiges s'envole brusquement d'un arbre en direction du Palais d'Hiver…

Les fleurs, les couleurs, les papillons, l'herbe douce et les poissons dans l'eau courante... Cristalline est époustouflée ! D'autant qu'Ondine, Rosélia, Noa, Vidia et Iridessa l'accueillent avec une belle démonstration de leurs talents respectifs de Fées de la Nature. Cristalline pirouette joyeusement dans la colonne de flocons que le canon fait pleuvoir sur elle.

— J'ai cueilli cette fleur pour toi, dit Rosélia. C'est une pervenche.

— Oh, merci ! Je la garderai toujours.

À ces mots, Cristalline caresse la fleur, qui gèle instantanément et ne peut donc plus faner. Le talent du givre émerveille les amies de Clochette, mais, tout à coup, Cristalline s'effondre, sans force.

— Je ne sens plus mes ailes…

Gabble vérifie le canon à neige : les flocons se raréfient. Clark panique :

— On n'a plus assez de glace !

— Il faut immédiatement ramener Cristalline chez elle ! presse Noa.

Vite, Clochette récolte un maximum de neige par terre pour protéger les ailes de sa sœur, puis tous repartent en direction de la frontière. Vidia et Clochette aident Cristalline à franchir le rideau de neige et la pauvre s'écroule sur le pont. Clochette examine ses ailes : elles sont sombres et flétries…

Au même moment, Lord Milori arrive sur le dos du

hibou espion qui était parti le prévenir. Clochette, horrifiée, le supplie :

— Je vous en prie, guérissez ma sœur !

— On va geler ! Viens ! crie Vidia.

Et d'un geste brusque, elle entraîne son amie à l'abri, de

l'autre côté de la frontière. Derrière le rideau de neige, elles observent Lord Milori.

— Redresse tes ailes, Cristalline. Laisse le froid les envelopper.

Peu à peu, les ailes de la petite Fée retrouvent leur éclat. Elles battent à nouveau et Clochette pousse un cri de bonheur. Le Seigneur de l'Hiver annonce :

— Voilà pourquoi il est interdit de traverser la frontière, Cristalline. Tu ne dois plus revoir Clochette.

— Mais nous sommes nées du même rire ! proteste

aussitôt la Bricoleuse. Votre loi est cruelle, Lord Milori !

— Cette loi est la mienne, Clochette ! l'interrompt une voix douce.

La Reine Clarion vient se poser près d'elle. Clochette n'en revient pas : si c'est la Reine Clarion qui la sépare de sa sœur, il n'y a plus rien à faire… En larmes, les deux petites Fées rentrent chacune chez elles pendant que Lord Milori précipite le canon à neige au bas du pont. Il ne remarque pas que des morceaux de glace tombent à l'intérieur de l'engin, qui se remet à fonctionner…

CHAPITRE 5

SOS FROID POLAIRE !

Clochette et Cristalline sont inconsolables. Lord Milori, au Palais d'Hiver, et la Reine Clarion, au Grand Arbre, leur révèlent donc séparément à chacune l'origine de la loi qui interdit de traverser la frontière.

— Au commencement de la Vallée, une Fée de l'Hiver et une Fée de la Chaleur tombèrent amoureuses. Elles se rencontraient au soleil couchant, à la frontière des saisons et, bientôt, elles ne voulurent plus se quitter. Elles prirent le risque de partager leurs deux mondes, et l'une d'elles finit par y perdre une aile... Les amoureux durent se séparer à jamais, et cette loi fut instaurée afin de protéger les Fées.

Clochette regarde tristement par la fenêtre en direction du Pays de l'Hiver et pousse brusquement un cri : oh non ! Des flocons de neige tourbillonnent au-dessus de la Forêt d'Automne !

Tout le monde se réunit à la frontière. C'est la panique ! La neige tombe de plus en plus drue. Elle souffle même sur le Square du Printemps, maintenant, tout près du Grand Arbre ! Un épais tapis blanc s'étend peu à peu sur la Vallée.

La Reine Clarion tente de calmer les Ministres des Saisons, lorsque Clochette repère les voix de Clark et de Gabble sous le pont. Elle descend dans le ravin où ses amis s'affairent autour du canon à neige, au pied d'une cascade située entre les deux mondes.

— Hé, Gabble, qui a jeté le canon ici ? demande-t-elle immédiatement.

— Aucune idée, Miss Clochette. Mais il est bel et bien coincé dans les cailloux.

— Et il n'arrête pas de produire des flocons ! renchérit Clark. Des montagnes de flocons !

La Bricoleuse appelle les Fées de la Nature à la rescousse. *Oh, hisse !* La machine cède enfin et coule à pic dans l'eau glaciale. Hélas, la neige continue de tomber… La Reine Clarion soupire :

— Trop tard. L'équilibre des saisons est bouleversé…

Au même moment, une branche gelée se brise net. Le Ministre de l'Automne bredouille :

— Et si cela arrive au Grand Arbre, Votre Altesse ?

— Si le Grand Arbre ne résiste pas à cette vague de

froid, nous n'aurons plus de Poussière de Fée... et nous ne pourrons plus jamais voler.

Un silence terrible s'abat sur l'assemblée. Mais la Reine relève brusquement la tête et lance :

— Du nerf, les Fées ! Sauvons notre Vallée !

Les Fées de la Nature mettent les animaux en sécurité, tandis que les Fées Bricoleuses recouvrent le Grand Arbre de mousse isolante. Pour sa part, Clochette prépare son Atelier à affronter le blizzard quand elle retrouve la fleur gelée de Cristalline sur son établi. Bien sûr : la couche de givre a empêché les pétales de faner !

— La voilà, la solution !

Aussitôt, Clochette s'envole à tire-d'aile pour la Forêt Blanche. Elle a tout juste le temps de trouver Cristalline et ses amis avant de s'écraser sur le pont, les ailes congelées.

— Clochette ! s'exclame Cristalline. Pourquoi es-tu venue ? C'est trop dangereux !

— Une vague de froid menace le Grand Arbre, explique la Bricoleuse.

Le Conservateur hoche la tête.

— Sur notre Territoire, on vient de découvrir que le Puits de Poussière de Fée est à sec. C'est donc à cause de ça !

— Il faut que les Fées de l'Hiver nous aident, continue Clochette. Tu te souviens de la fleur que tu as gelée, Cristalline ? Elle est restée intacte !

Neige acquiesce.

— Oui, le givre conserve la

chaleur sous une couche épaisse et agit comme un rempart contre le froid.

— Ton plan, c'est qu'on givre le Grand Arbre ? devine Cristalline.

Clochette sourit. Elle savait que sa sœur comprendrait !

— Comment on va faire pour aller jusque là-bas avec nos ailes ?

— Pas de problème, Spike : l'hiver a envahi la Vallée des Fées, on peut s'y rendre sans risque ! rappelle le Conservateur Darwin.

CHAPITRE 6

TOUS RÉUNIS !

— Le vent est trop fort, on n'y arrivera jamais ! gémit Gabble.

Comme pour le confirmer, une bourrasque glacée arrache le morceau de mousse dont il vient d'envelopper une branche du Grand Arbre. La Reine Clarion perd aussi espoir, quand un grognement la fait sursauter. Elle se retourne et, à sa grande surprise, elle aperçoit Clochette,

Cristalline, Neige et Spike sur le dos du lynx Fiona.

— Les Fées du Givre peuvent protéger l'arbre ! annonce Clochette.

La souveraine réfléchit à peine avant d'ordonner :

— Parfait. Allez-y !

Sans perdre une seconde, Cristalline et ses amies virevoltent de branche en branche, les recouvrant d'une pellicule de givre. Mais c'est très difficile : le froid est intense et l'arbre gèle rapidement. Sur les conseils de Clochette, les Fées de la Chaleur utilisent de la mousse pour emmitoufler leurs ailes.

— Je n'en peux plus, souffle brusquement Spike. L'arbre est trop grand et on n'est pas assez nombreux…

— Regardez ! s'écrie Cristalline.

Un escadron de Fées de l'Hiver apparaît soudain dans le ciel ! À leur tête, Lord Milori perché sur son immense hibou des neiges, secondé par Darwin. Cristalline n'en croit pas ses yeux !

— À mon commandement, formez les rangs ! Les Fées à ma gauche : sillonnez le territoire.

Celles à ma droite : chargez-vous du Grand Arbre !

En moins de deux, une solide couche de givre isole l'ensemble de la Vallée. Lord Milori se pose près de Clochette et de la Reine Clarion.

— Nous avons fait tout ce que nous pouvions. À présent, abritez-vous dans le Grand Arbre, le temps que la vague de froid se dissipe.

Il ôte sa cape et la pose délicatement sur les épaules de la souveraine qui lui adresse un regard plein de tendresse. Puis il s'éloigne, ses ailes à découvert.

L'une d'elles est brisée… Le Seigneur de l'Hiver et la Reine Clarion sont donc les amoureux d'autrefois qui ont dû se séparer…

La tempête de neige fait encore rage à l'extérieur du Grand Arbre. Le blizzard rugit, les branches fléchissent et gémissent, et de gros nuages sombres obscurcissent le Pays Imaginaire. Enfin, un rayon de soleil s'insinue dans le vestibule, et Clochette sort avec prudence. Elle plisse les yeux, éblouie par la blancheur immaculée du paysage… La vague de froid est passée !

— Vous pouvez venir !

Ses amis émergent de leur cachette. Cristalline fonce les rejoindre en riant. La Poussière de Fée recommence à jaillir du Puits. Le Grand Arbre est sauvé ! Les Fées rient, dansent et applaudissent en chœur. Cristalline pirouette dans les airs ! Mais tout à coup, elle s'arrête. C'est bizarre : Clochette demeure assise dans son coin…

— Pourquoi tu ne viens pas ?

La Bricoleuse se retourne

tristement. Sa sœur pousse un cri en voyant son dos :

— Oh non !

Clochette a une aile cassée ! Toutes les Fées approchent, catastrophées. Cristalline sanglote :

— Tu ne peux plus voler ! Tu t'es blessée en venant me chercher dans la Forêt Blanche. Pourquoi tu n'as rien dit ?

— Il fallait d'abord s'occuper du Grand Arbre. Et puis nos ailes ne se soignent pas, de toute façon…

— Tout est notre faute, regrette Lord Milori. Vous êtes sœurs, nous n'avions pas le droit de vous interdire de vous revoir.

— Mais c'est terminé, décrète la Reine Clarion. Dorénavant, les Fées pourront traverser la frontière à leur guise, après avoir pris les précautions nécessaires.

Clochette sent le soleil réchauffer ses épaules. Le printemps est de retour ! Elle conseille à Cristalline :

— Rentre à la Forêt Blanche, à présent. Il va bientôt faire trop chaud pour toi.

Mais la Fée du Givre ne peut se résoudre à l'abandonner. Clochette insiste :

— Je vais bien, je t'assure. Rendez-vous demain à la frontière, d'accord ?

— D'accord…

De ses ailes, Cristalline touche celles de Clochette. Elles scintillent comme prévu, puis un éclair en jaillit et les deux sœurs sursautent. Soudain, des étincelles crépitent autour de l'aile brisée de Clochette. Cristalline effleure à nouveau les ailes de sa sœur avec les siennes et, cette fois, un rayon en surgit. Il s'élève jusqu'au soleil, éclaire la Vallée… l'aile de Clochette est guérie !

Quelle joie, parmi les Fées ! Lord Milori et la Reine Clarion se prennent même par la main ! Darwin, quant à lui, est enchanté : il sait à présent quel chapitre ajouter à son *Aéropédie* !

Quelques jours plus tard, à l'entrée de la Forêt Blanche…

Les Fées du Givre glacent les ailes des autres Fées avant de les laisser passer. Maintenant que l'on sait comment supporter le froid, on se presse à la frontière du pays de l'Hiver. Les paysages enneigés sont si majestueux !

Déjà, de nouvelles amitiés se nouent : Rosélia et Sled s'entendent à merveille ; Vidia et Spike bavardent au bord de l'étang gelé, où patinent Lord Milori et la Reine Clarion… Et Gabble semble beaucoup apprécier Neige.

Soudain, les ailes de Cristalline s'illuminent : Clochette arrive !

— Alors, tu es prête ?

— Prête !

Des hiboux transportant des paniers surgissent de chaque côté du pont. Ceux de Clochette larguent une pluie de pervenches, tandis que ceux de Cristalline déversent un déluge de neige. Fleurs et flocons voltigent ensemble sur la frontière. Le spectacle est éblouissant ! Clochette et Cristalline sourient. Elles sont nées du même rire d'un bébé, et détiennent le plus beau secret des Fées : la magie de leurs ailes est si puissante qu'elle se moque des frontières... et réunit ceux qui s'aiment !

Fin

Disney
Superbia
Ton jeu, tes amis, ta ville !
CODE BONUS
Grâce au code CLOCHETTE, gagne 1000 Gold !
Rejoins la communauté des fans de DISNEY CHANNEL et découvre le nouveau jeu en ligne inspiré de l'univers de tes séries !
www.disney.fr/superbia

La Fée Clochette
revient bientôt
dans de nouvelles aventures !

Pour connaître
la date de parution
du prochain tome,
inscris-toi à la
newsletter du site :

www.bibliotheque-rose.com

Les as-tu tous lus ?

Bienvenue au Pays Imaginaire !

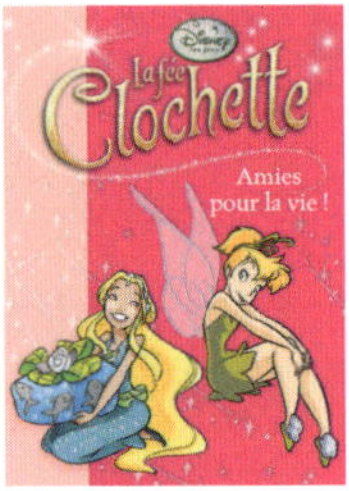

Amies pour la vie !

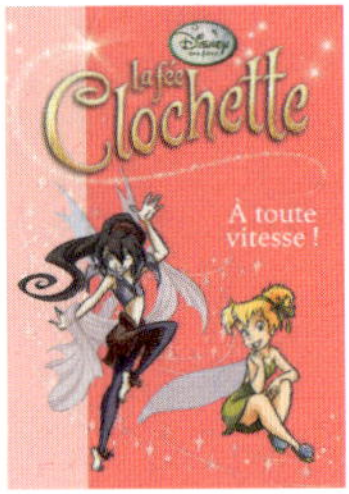

À toute vitesse !

Que le bal commence !

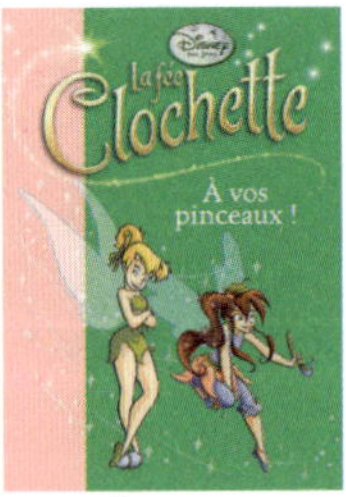

À vos pinceaux !

Chacun ses goûts !

Attention, dragon !

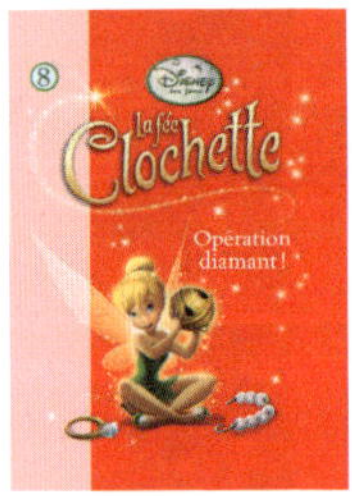

Opération diamant !

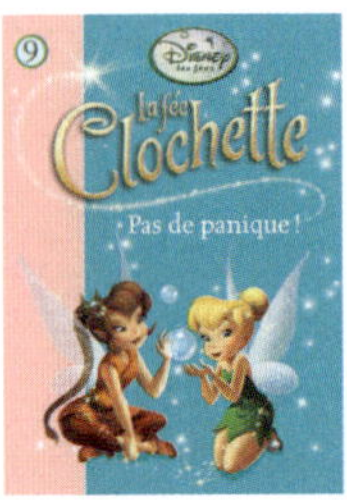

Pas de panique !

Surprise !

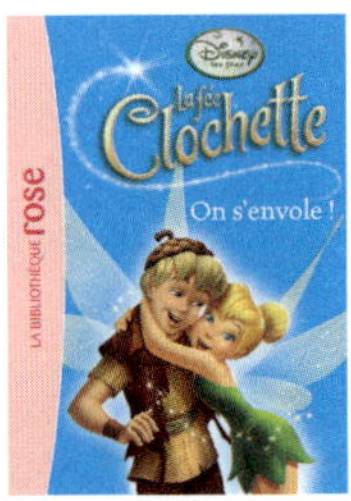

On s'envole !

Une idée de génie !

Table

hachette s'engage pour l'environnement en réduisant l'empreinte carbone de ses livres. Celle de cet exemplaire est de :
400 g éq. CO_2
Rendez-vous sur
www.hachette-durable.fr

PAPIER À BASE DE FIBRES CERTIFIÉES

Imprimé en Roumanie par G. Canale&C. S.A.
Dépôt légal : octobre 2012
Achevé d'imprimer : janvier 2013
20.3093.0/03 - ISBN : 978-2-01-203093-0
Loi n° 49956 du 16 juillet 1949
sur les publications destinées à la jeunesse